É melhor uma maçã dada do que uma comida. *Anônimo*.

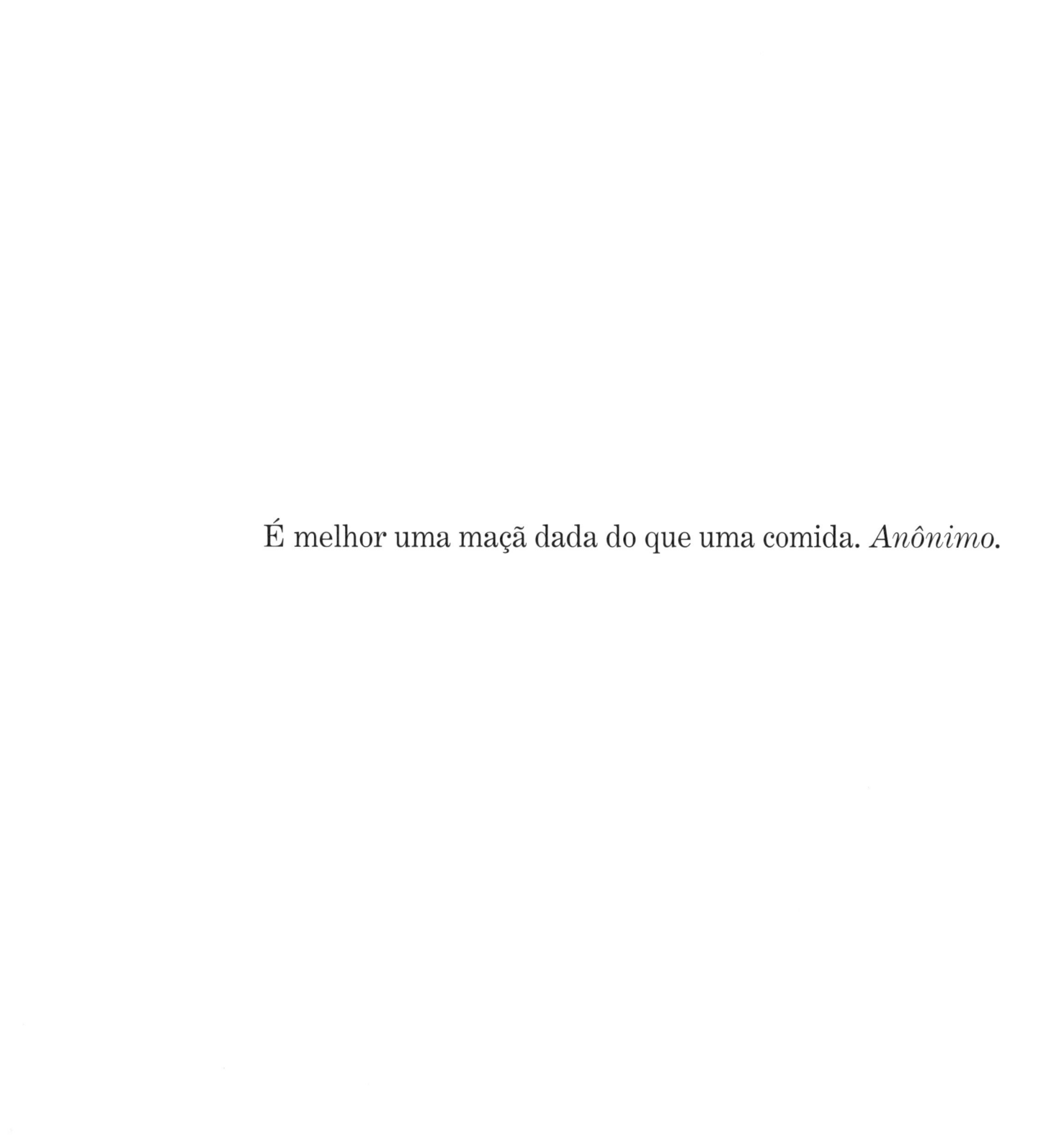

© 2010 Martins Editora Livraria Ltda., São Paulo, para a presente edição.
© 2010 Bob Gill.
© 2010 Maurizio Corraini s.r.l.
Todos os direitos reservados por Maurizio Corraini s.r.l., Mântua
Primeira edição italiana por Maurizio Corraini s.r.l. Fevereiro 2010
Esta obra foi originalmente publicada em italiano sob o título *Il regalo*.

Nenhuma parte deste livro pode ser reproduzida ou transmitida de nenhuma forma e por nenhum meio (eletrônico ou mecânico, incluindo fotocópia, reprodução ou qualquer sistema de recuperação eletrônico) sem permissão por escrito do editor.

Publisher *Evandro Mendonça Martins Fontes*
Produção editorial *Luciane Helena Gomide*
Tradução *Luciana Garcia*
Revisão *Denise Roberti Camargo*
Dinarte Zorzanelli da Silva

Dados Internacionais de Catalogação na Publicação (CIP)
(Câmara Brasileira do Livro, SP, Brasil)

Gill, Bob
  O presente / Bob Gill ; tradução Luciana Garcia. – São Paulo : Martins Martins Fontes, 2010.

  Título original: Il regalo
  ISBN 978-85-61635-97-8

  1. Literatura infantojuvenil I. Título.

10-12593   CDD-028.5

Índices para catálogo sistemático:
    1. Literatura infantil   028.5
    2. Literatura infantojuvenil   028.5

Todos os direitos desta edição no Brasil reservados à
Martins Editora Livraria Ltda.
Av. Dr. Arnaldo, 2076
01255-000 São Paulo SP Brasil
Tel.: (11) 3116.0000
info@martinseditora.com.br
www.martinsmartinsfontes.com.br

1ª edição 2011 | **Diagramação** Megaart Design | **Fonte** Century Expanded 16/17
Papel Munken Lynx 170 g/m² | **Impressão e acabamento** Grafiche SiZ, Verona, Itália

Bob Gill

O presente

Esta é a história de um menino chamado Artur.

Um dia, não muito tempo atrás, quando procurava alguma coisa no armário do pai, ele reparou num pacote na prateleira de cima, embrulhado num papel brilhante com estrelas e amarrado com uma fita vermelha.

No começo, ele quase não percebeu o pacote porque estava parcialmente escondido atrás de um velho chapéu, uma caixa de papelão e um par de botas.

Artur achou que poderia ser um presente-surpresa por seu aniversário, que seria dali a duas semanas, porque a mãe sempre os embrulhava com um laço vermelho.

Poderia ser um bolo de aniversário, ele pensou. Não dá para ter um aniversário sem um bolo. Ele torceu para que fosse de chocolate decorado com bastante chantili...

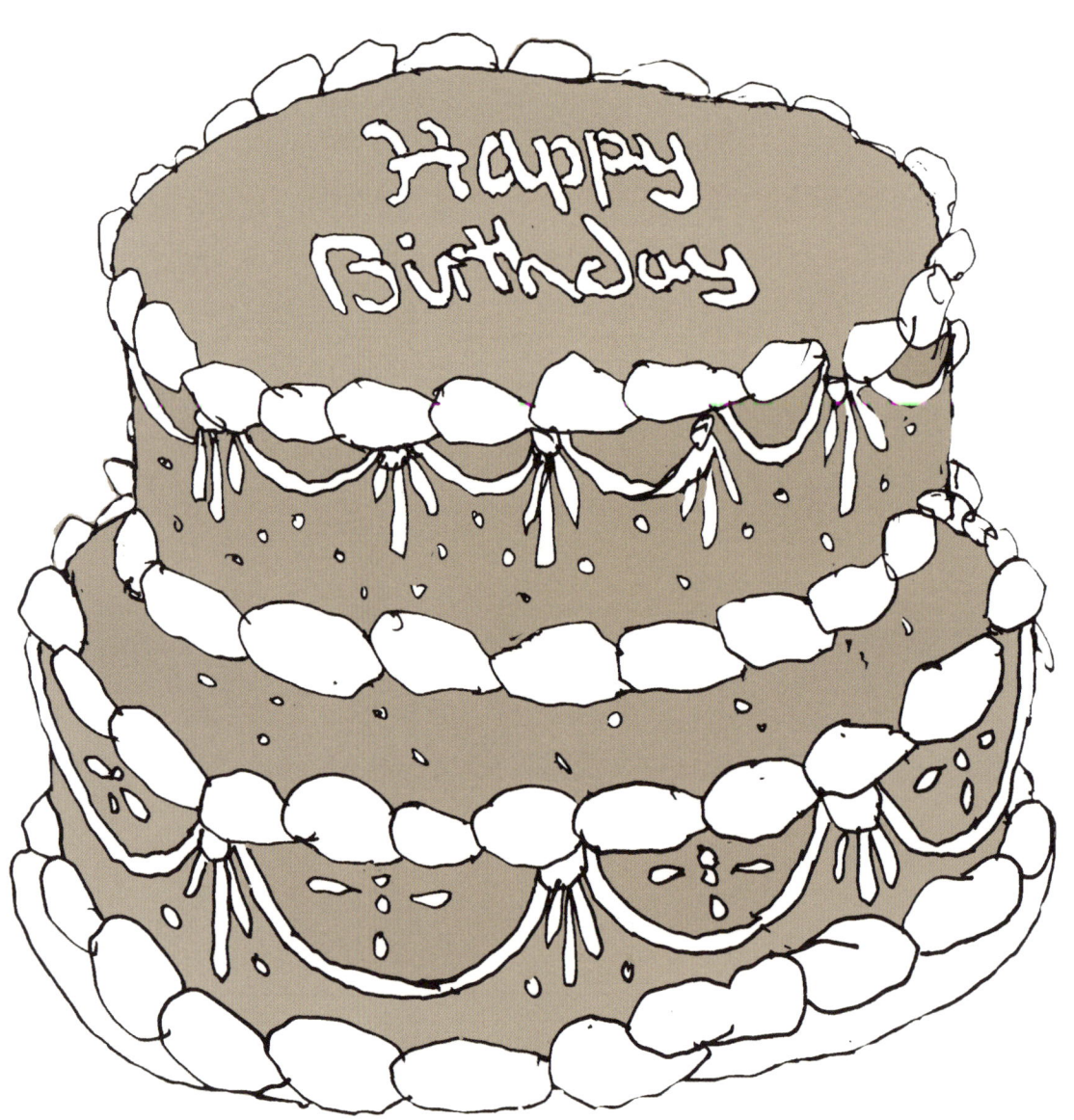

... ou talvez um jogo de argolas. Ele pensou que, se praticasse bastante, poderia se tornar campeão mundial de arremesso de argolas e aparecer nos jornais e na televisão.

Se o presente fosse um barco a vela, a primeira coisa que faria seria amarrar uma corda na frente dele e levá-lo até a lagoa do parque para tentar velejar.

Se fosse um trator, ele o engancharia ao caminhão do amigo, fazendo de conta que o pneu do caminhão estava furado e o trator tivesse que rebocá-lo até a garagem.

Talvez fosse um jogo de boliche. A última coisa que ele queria era um jogo de boliche. Ele detestava boliche.

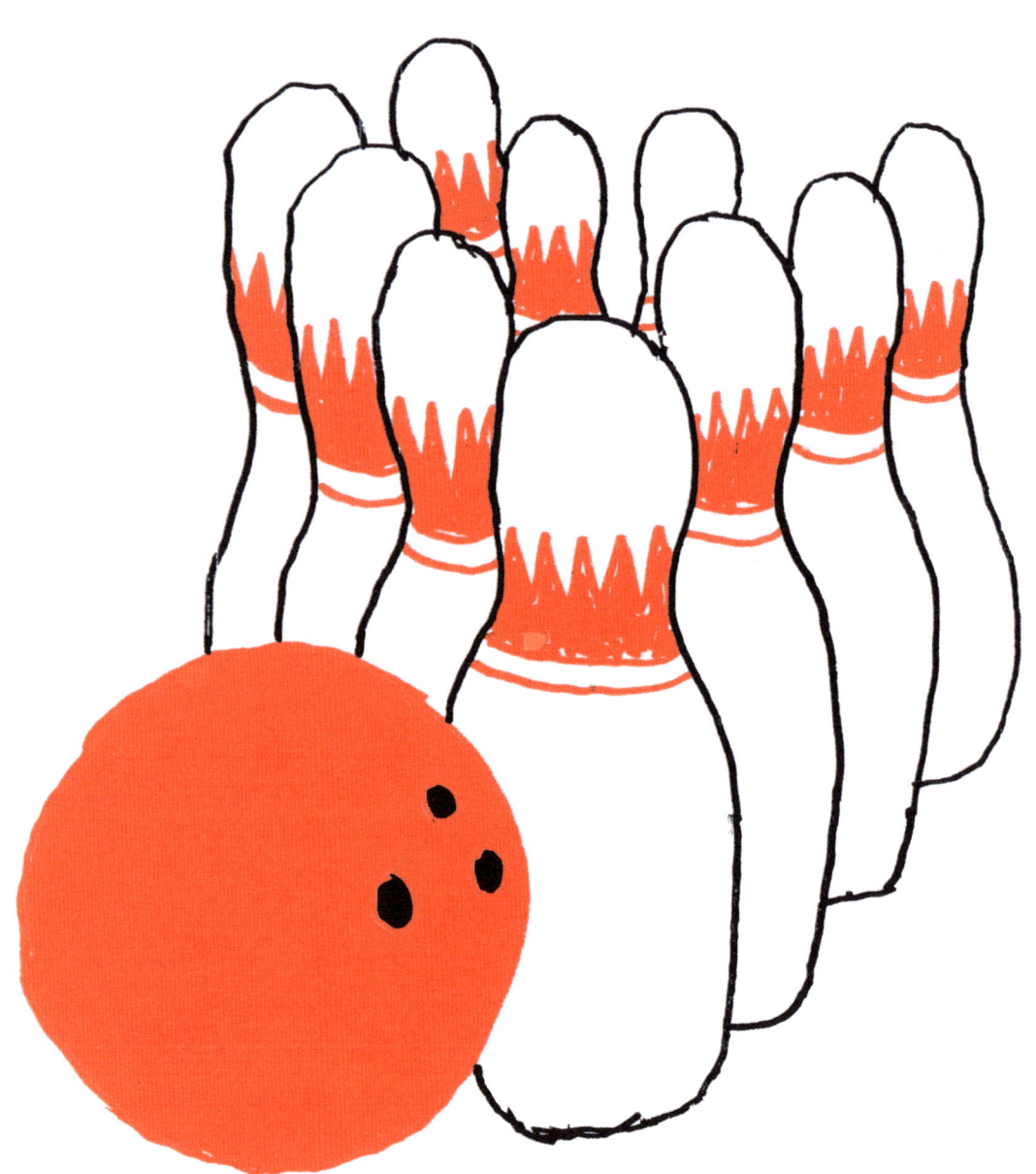

Ele preferia um ursinho de pelúcia bem macio.

O doce preferido de Artur era o chocolate. Ele esperava ganhar um zilhão de barras de chocolate.

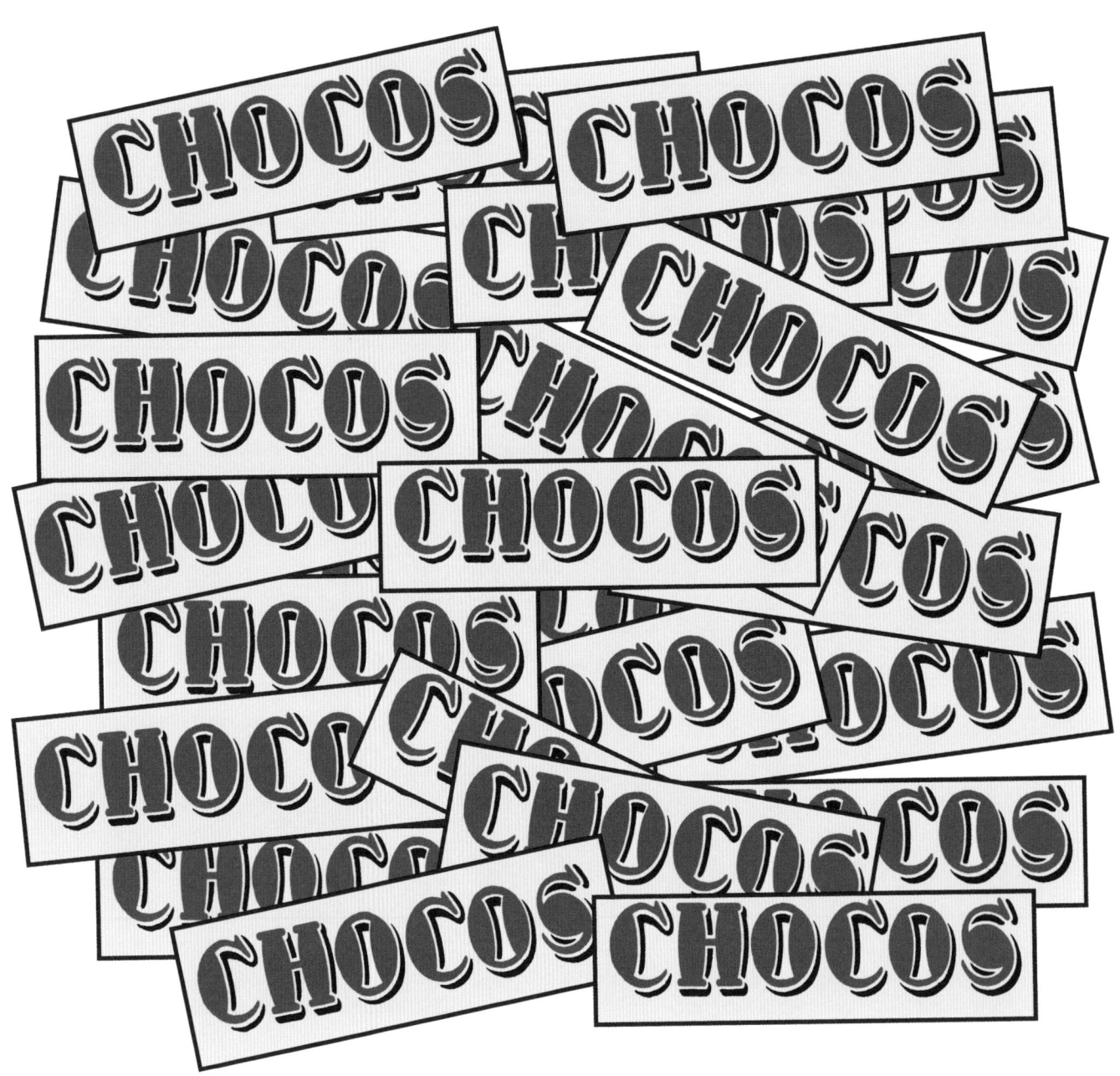

Mas, se não fossem barras de chocolate, sua segunda opção seriam chicletes em bolinhas.

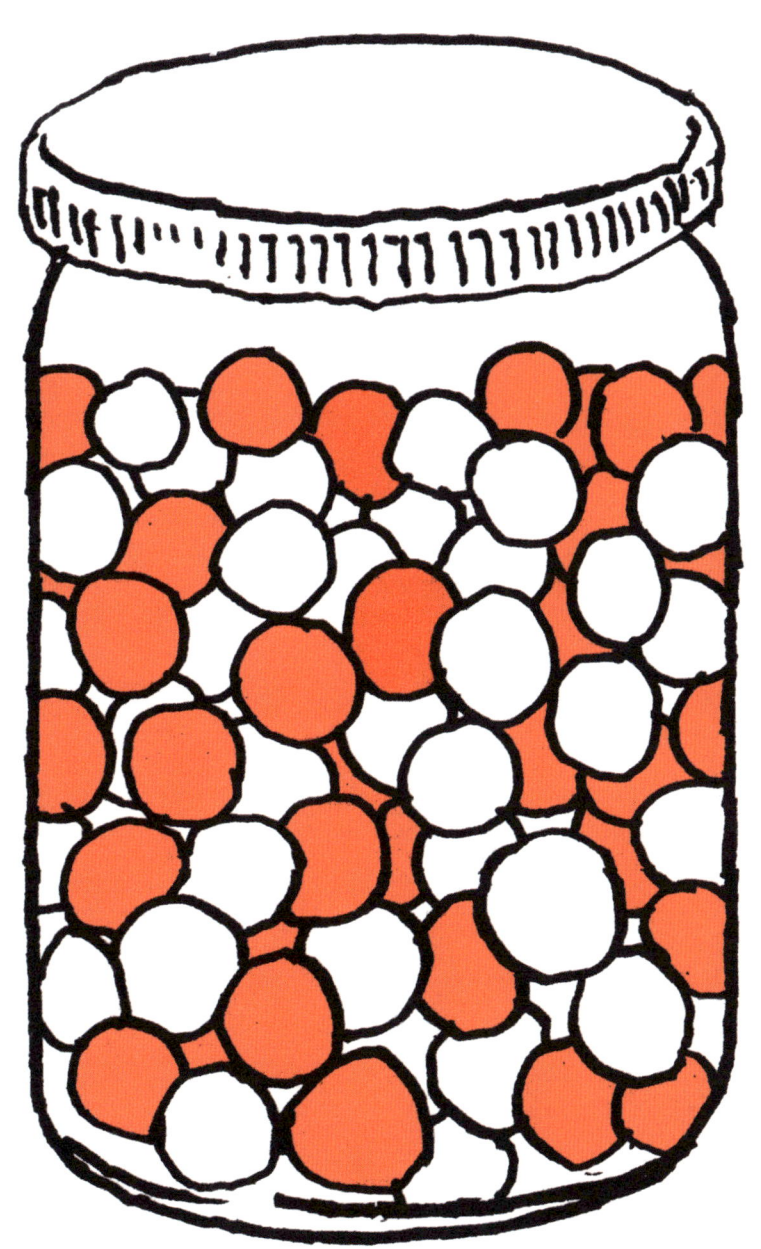

Havia alguns buracos na mochila de Artur. Ele pensou que estava na hora de ganhar uma nova.

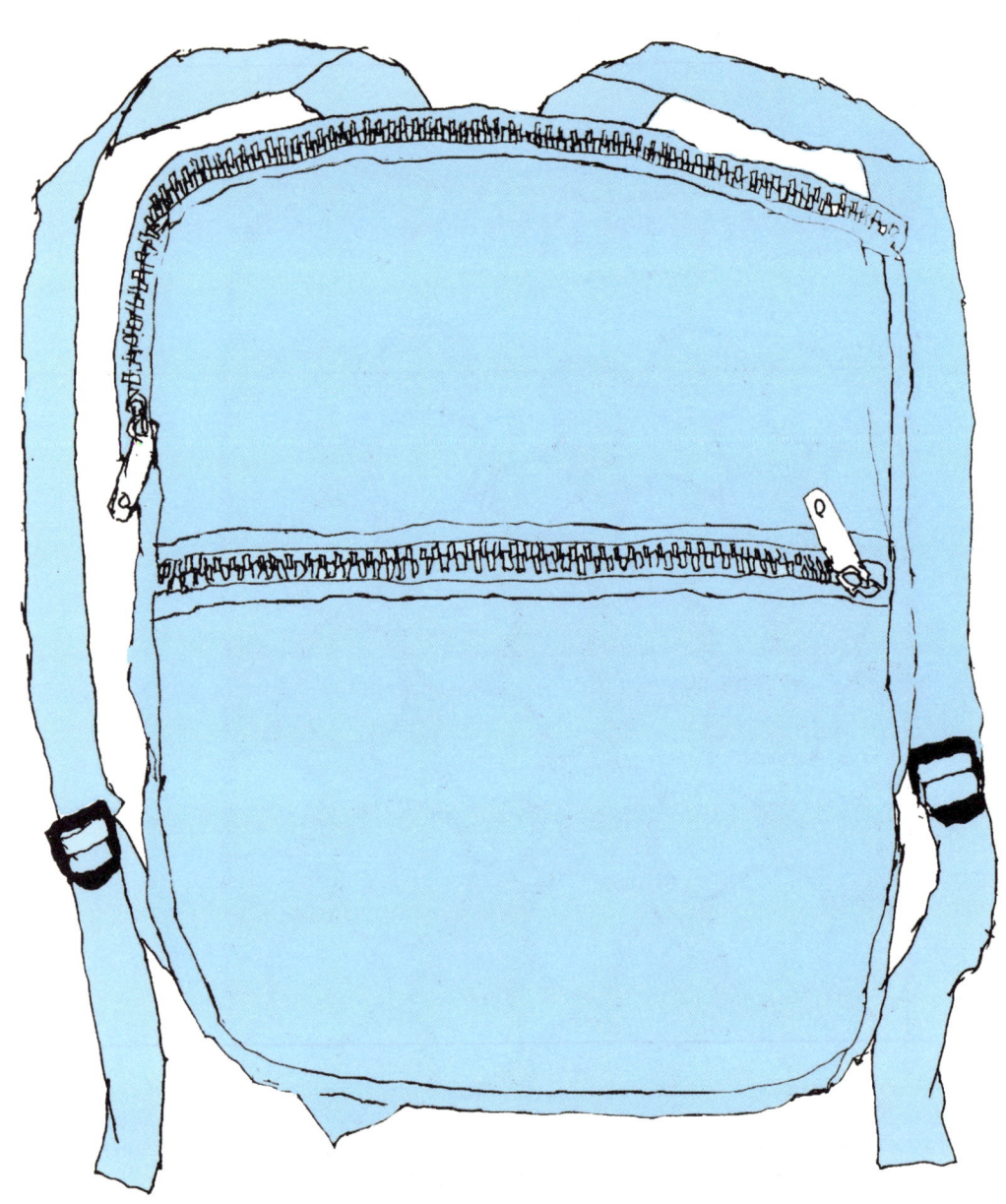

Poderia até ser uma luminária japonesa, que ele penduraria sobre a cama enquanto tentasse entender o que significava o escrito em japonês.

Se fosse um conjunto de pintura, ele faria o retrato de sua casa. Então pintaria uma das árvores e, depois disso, não sabia bem o que mais pintaria.

Se fosse um quebra-cabeça, esperava que não fosse fácil nem difícil demais.

Se o presente fosse da tia Gertrudes, seria um cachecol. Ela dava cachecol todo ano.

Se o presente fosse do tio Toni, seriam luvas. Ele dava luvas todo ano.

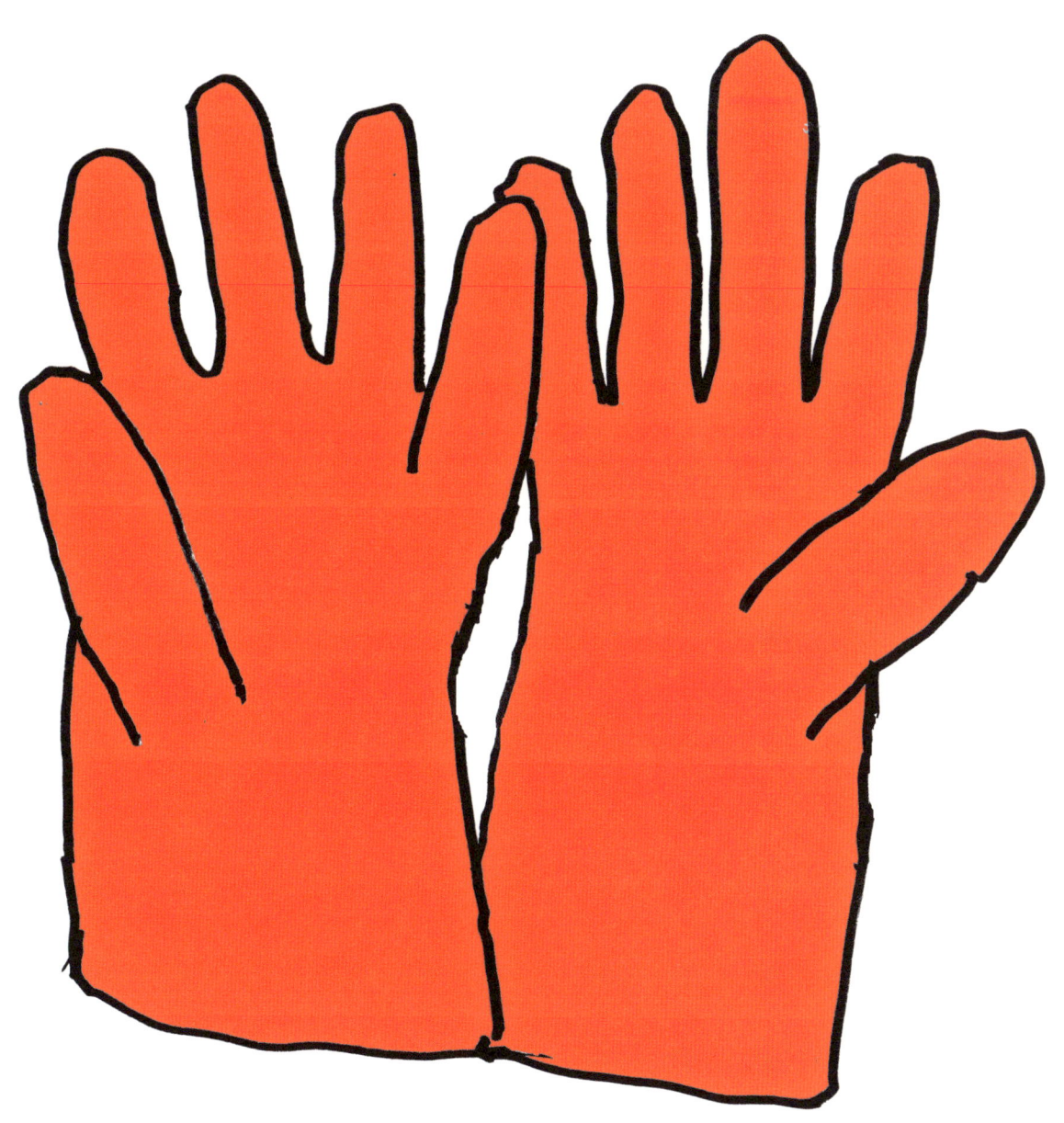

Artur sempre sonhara em ganhar uma pipa. Talvez o presente fosse uma pipa.

Uma vez ele pediu patins de gelo. Talvez fosse ganhá-los neste aniversário.

Não seria ruim ganhar uma televisão, ele pensou. Muitas crianças têm a sua própria televisão. Talvez ele ganhasse uma também.

Ou poderia ser um computador. Sua amiga Kátia havia dito que assistia a filmes em seu computador. Isso seria muito legal.

Desde que ouviu alguém tocar uma tuba num filme, quis soprar uma igualzinha e fazer aquele som estranho. Seria divertido se o presente fosse uma tuba.

Poderia ser uma roda. Mas ele já tinha duas rodas em sua bicicleta. Certamente não precisaria de mais uma.

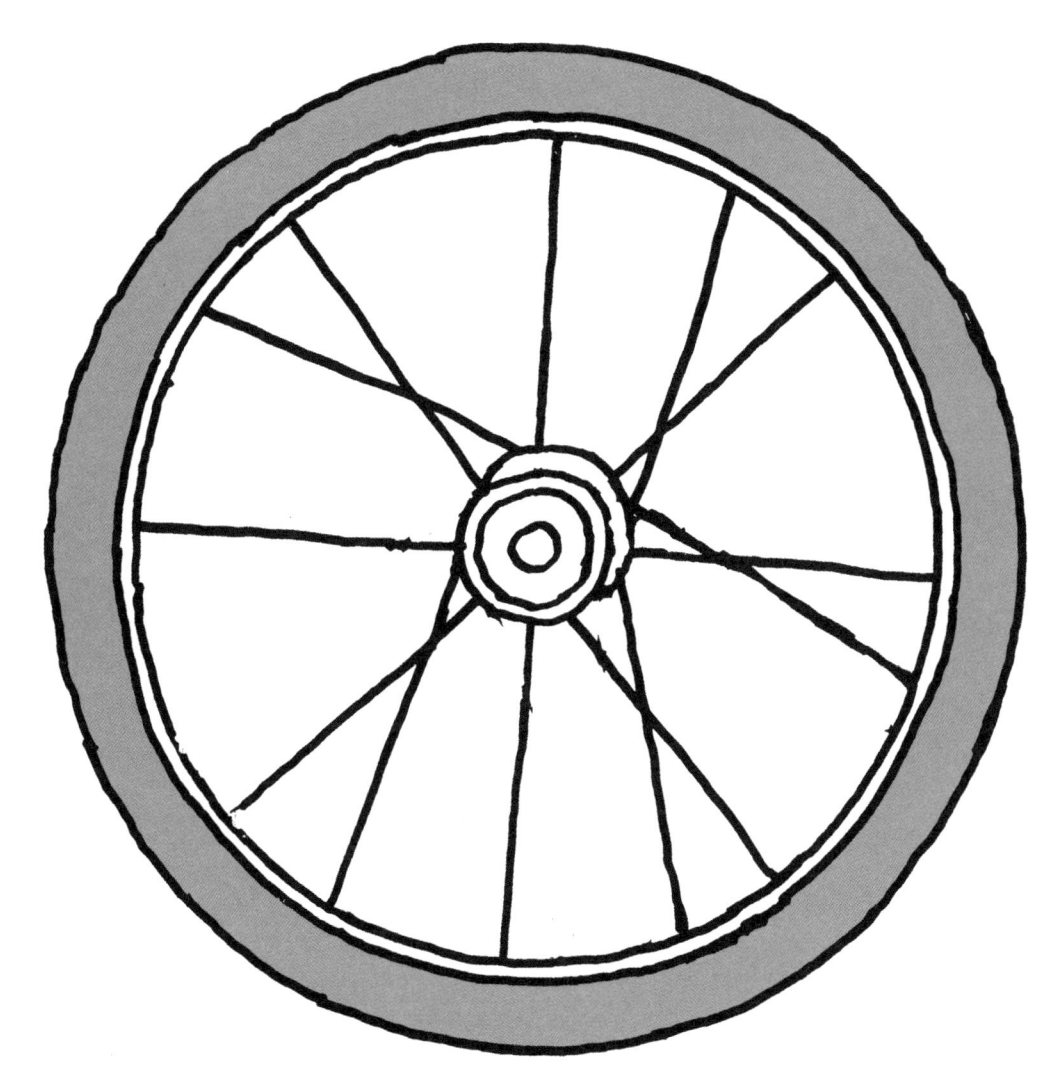

Ele ficou pensando se seria um aquário com um peixe. Não, não poderia ser um aquário, ele pensou, um peixe não poderia ficar guardado sem se alimentar.

Mas poderia ser um jogo de dardos, como aquele que seu primo Haroldo tinha.

Como ele já sabia ver as horas, achou que poderia ganhar o seu próprio relógio.

Mas ele adoraria ganhar uma bola de vôlei. Assim, os meninos maiores do parque talvez o deixassem jogar com eles.

Justamente quando parecia a Artur que seu aniversário nunca chegaria, de repente já era a véspera do grande dia. Ele foi até o armário do pai para olhar o presente mais uma vez.

Ainda estava pensando sobre o que seria o presente quando a campainha tocou. Ele ouviu a mãe, que foi atender à porta, conversar com uma mulher que dizia estar recolhendo brinquedos para crianças pobres.

Artur subiu numa cadeira, pegou o presente e correu até a porta, onde sua mãe e a mulher estavam conversando...

E deu o presente à mulher.